拥有"自由"和"幸福"的必然性

陈启 著

中国商业出版社

图书在版编目（CIP）数据

拥有"自由"和"幸福"的必然性/陈启著.—北京：中国商业出版社，2018.4

ISBN 978-7-5208-0249-9

Ⅰ.①拥… Ⅱ.①陈… Ⅲ.①诗集-中国-当代 Ⅳ.①I227

中国版本图书馆CIP数据核字（2018）第029161号

责任编辑：常　松

中国商业出版社出版发行
010-63180647　www.c-cbook.com
(100053　北京广安门内报国寺1号)
新华书店经销
北京晨旭印刷厂印刷
＊
710×1000毫米　1/16　8.5印张　50千字
2018年4月第1版　2018年4月第1次印刷
定价：48.00元

＊　＊　＊

（如有印装质量问题可更换）

前　言

"路漫漫其修远兮，吾将上下而求索"。对国民福祉、人类命运的思考，从来未敢些许懈怠。

我步入社会之时，正是国家改革开放之初。"革命必然混有污秽和血"，改革开放就是"和平革命"。在改革开放的过程中，出现假、恶、丑或更甚者，也在所难免，历史要前进，社会要发展，就需要有人奋起与之搏击。在搏击之余，我把自己的一些观点、感想、体会，用文字的形式记录了下来，希望能与来者共勉。

"律诗"的写作要求严格，但短小精悍、易于记诵。"自由诗"的写作要求宽松，但篇幅多长，难于记诵。"律诗"和"自由诗"各有短长，我希望在不远的将来，会有更多五言四、八句或七言四、八句的新诗和读者见面。现录一首与大家鉴赏：

呐 喊

创业殒身处处有，
横飞碧血垂千秋。
人生应向笑丈夫，
切莫留作来日羞！

风波亭上忠魂舞，
汨罗江中水尚忧。
口诛笔伐如操戈，
无沙殉国共传流！

一九八一年夏

  可以说我们每个人的行为都是为了拥有"自由"和"幸福"，而真正的"自由"和"幸福"，只属于那些追求丰富的知识、高尚的道德、完美的品格者。

  衷心地希望国人都能"有所为，有所不为"，勇敢地去追求丰富的知识、高尚的道德、完美的品格，为祖国和人民的建设事业贡献自己的一份力量，使我们的明天更加美好！

陈 启
二〇一七年七月十六日

目 录

新 诗 / 001
    呐 喊 / 001
    1 沙 子 / 002
    2 人间正道 / 004
    3 淑 节 / 006

俳 句 / 007
    4 小 溪 / 007
    5 长 江 / 008
    6 雨 / 009
    7 海 / 010
    8 春 秋 / 011
    9 河 山 / 012
    10 背 叛 / 013
    11 向 往 / 014

漫 谈 / 015
    12 领导与未来 / 015
    拥有"自由"和"幸福"
    的必然性 / 021

律 诗 / 025
    13 猛回头 / 025
    14 登苍山 / 026
    15 告 别 / 027
    16 离绥德 / 028
    17 悼 祭 / 029
    18 叛 逆 / 030
    19 轩 拧 / 031
    20 寄 怀 / 032
    21 观沧海 / 033
    22 从 戎 / 034
    23 秋 思 / 035
    24 榆林行 / 036
    25 秋风吟 / 037

26　望月吟 / 038
27　别友人 / 039
28　登　高 / 040
29　湘江问答 / 041
30　铁城行 / 042
31　赠友人 / 043
32　雪 / 044
33　朝　晖 / 045
34　望日抒怀 / 046
35　秋　叶 / 047
36　咏　菊 / 048
37　秋日偶思 / 049
38　野村怀古 / 050
39　无　题 / 051
40　野村即事 / 052
41　咏　梅 / 053
42　洛阳赋 / 054
43　和友人 / 055
44　望太平 / 056
45　自由诗 / 057
46　万事歌 / 058
47　无　悔 / 059
48　寻友不值 / 060
49　绥德行 / 061
50　寻　友 / 062
51　向　前 / 063

52　过延安 / 064
53　临潼行 / 065
54　待从头 / 066

七律 / 067

55　赠友人 / 067
56　赠清君 / 068
57　赠成扬 / 069
58　欣　慰 / 070
59　秋日偶成 / 071
60　寄汗青 / 072
61　时　世 / 073
62　自　强 / 074
63　布衣吟 / 075
64　肖　像 / 076
65　偷　闲 / 077
66　性　情 / 078
67　安守吟 / 079
68　忠　节 / 080
69　告国人 / 081
70　长　河 / 082
71　知　音 / 083
72　望平沙 / 084
73　高　寨 / 085
74　送春风 / 086
75　为所有为 / 087
76　回音壁 / 088

77	长河游 / 089		97	苍生泪 / 109
78	过麟州 / 090		98	从　容 / 110
79	沉　浮 / 091		99	前　沿 / 111
80	兴　衰 / 092		100	五十怀古 / 112
81	英雄颂 / 093		101	南门楼 / 113
82	忠　魂 / 094		102	白云山 / 114
83	凭　眺 / 095		103	凯歌楼 / 115
84	巾帼颂 / 096			
85	初　衷 / 097		**七绝** / 116	
86	高寨怀古 / 098		104	赠友人 / 116
87	世　情 / 099		105	枯　荣 / 117
88	春　色 / 100		106	赠悟空 / 118
89	诗　魂 / 101		107	自　在 / 119
90	问苍天 / 102		108	北　上 / 120
91	自　豪 / 103		109	东　风 / 121
92	国　殇 / 104		110	天公山上 / 122
93	相　扶 / 105		111	西　风 / 123
94	鬻爵图 / 106		112	过边墙 / 124
95	五十抒怀 / 107		113	共　勉 / 125
96	群廉思 / 108		114	镇北台上 / 126
			115	双峡游 / 127

新诗

呐 喊

创业殒身处处有，
横飞碧血垂千秋。
人生应向笑丈夫，
切莫留作来日羞！

风波亭上忠魂舞，
汨罗江中水尚忧。
口诛笔伐如操戈，
无沙殉国共传流！

一九八一年夏

1 沙 子

默默地……
默默地……
这是因为我对正义事业的无限热爱,
只把一片痴情倾注在默默地奋斗中。
在奋斗中,
我盼望、等待——
盼望熟睡的同伴早醒,
等待落伍的战友上来。
啊!一粒沙子,

不想爬上小姐的头顶——炫耀自己！
不想附在少爷的脚下——享受庸俗的淫乐。
不想落在闪闪发光的地板上——做任人践踏的弱者。
只想铺在通往真理的道路上……
只想默默地跟上攀登的勇士——在
他们感到孤独无助的时候给以前进的力量。
只想飞上山巅放声高歌——把沉睡者唤醒。

一九八二年六月

2 人间正道

情如雷，
义如云，
几回仗剑入梦魂……
雪嘶嘶，
雨飒飒，
风锯霜钺常相迎。
雾漫漫，
刃重重，

征途坎坷路泥泞……
齐声唤，
告乃翁，
人间正道春色浓。
雄鸡唱，
鸟语清，
鲜花碧叶送英雄！

二〇〇八年十一月

3 淑节

和风紧，
淑节临，
百事待兴尽催人。

栋梁现，
盛世转，
携手共秀我河山！

二〇〇九年九月

俳句

4
小　溪

呼唤出深山，

千回万转爱无限，

宿投大海边。

一九八一年九月

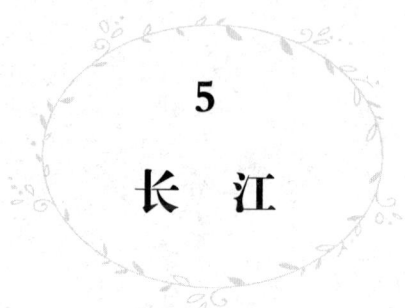

5
长　江

为谁低垂头？

踏遍青山漫天愁，

终不西向流！

　　　　　　一九八六年六月

6
雨

天地一帷连，

粉身碎骨向人间。

春夏秋绵延。

二〇〇八年十月

7 海

涓流胸臆怀，

百川江壑笑迎来。

汪洋正澎湃。

二〇〇八年十月

8
春　秋

浩然千古流,

青山不改任春秋。

切莫空白头!

二〇〇八年十二月

9 河山

极目我河山，

忍心儿戏寸肠断。

问讯何时还？

二〇〇八年十二月

10 背 叛

壮怀容海天,

何惧山高与路远。

甘违时尚言!

二〇〇九年一月

11
向 往

冰清玉洁在，

涉水跋山志不改。

诚心向未来！

二〇〇九年一月

> 漫谈

12
领导与未来

拿破仑说过:"狮子率领的羊群能够战胜羊率领的狮子群。"

现在很多企事业单位管理混乱、员工离心,最重要的原因就是没有一个强有力的领导核心,说得通俗一点,就是没有一个精干的、掌握现代领导艺术的、具有全新管理理念的、人格高尚的领导人。领导人在制胜、经营、管理过程中的重要作用,在先哲们的思想、言论中是显而易见的。

此时此刻,自封有责任为将要走上领导岗位和已在领导岗位者掌握自我完善和提高、识才用才的途径、方法,为脱离愚昧和麻木状态而陷入迷茫的人们解除苦闷,尽一点绵薄之力。但是,由于平时学习不够,加之水平有限,可能与初衷相差甚远。

人的心理可以分为三个系统：认识系统、动力系统和调节系统。如果一个人对客观事物的认识能入木三分、高人一筹，该做的事情能适时地付诸实施，能随环境的变化和一些不确定因素的出现及时调整部署、勇敢地面对挫折、修正错误，他就是一个心理系统较好的人。如果一个人对客观事物的认识不超过一般人所知道的、该办的事迟迟不办、抱残守缺，不能根据客观情况的变化而修改计划，不能及时发现问题、拾遗补漏，他就是一个心理系统较差的人。

人的意识有三个领域：潜意识领域、前意识领域和意识领域。潜意识领域反映出来的人格是本我、生物遗传的我，其接受"唯乐"原则的支配。前意识领域反映出来人格是自我、心理的我，其接受"唯实"原则的支配。意识领域反映出来的人格是"超我"、社会的我，其接受"唯善"原则的支配。一个人的人格就是这三种"人格"的有机组合体。如果一个人的人格主体趋于"本我"，他就是一个目光短浅、与饮鸩止渴者为伍的人；如果一个人的人格主体趋于"自我"，他就是一个极端自私的利己主义者；如果一个人的人格主体趋于"超我"，他就是一个富有远见、道德高尚的人。

领导的作风可以分为三种：民主作风、家长作风和自由主义作风。具有民主作风的领导人把权力视为集体中所有成员共有。在领导过程中，能够充分听取任何一个成员的正确意见、善待同事，能够积极采用科学的领导艺术和方法，促使共同的事业趋于繁荣。具有家长作风的领导人把权力视为自己个人所有，在领导过程中，独断专行，视不同意见者为异己，并百般刁难、排斥，结果是众叛亲离、沦为孤家寡人。具有自由主义作风的领导人视权力为集体中每个成员个人所有，使集体似一盘散沙，毫无组织纪律可言。

  一个集体的发展走向，作为决策者、决策实施的组织者——领导人的自身因素有着不可替代的制约作用。如果领导人的心理系统严重缺陷，他就看不到当前形势和内部状况、周边环境的真实所在，表现在认识水平、行动能力、纠正错误的能力方面滞后于普通员工。如果领导人人格庸俗，就会只知有己、不知有集体和他人，把自己的个人利益放在首位、处处以小人之心度君子之腹，把本来简单的事情复杂化，甚至搞到难以收拾的地步；把十分复杂的事情简单化，结果是遇事慌乱、六神无主，只能以失败而告终。如果领导人是一个家长作风严重的人，他在领导过程中，就会只知道要求同事服从，不懂得如何把自己的意志变为全体员工的共同意志，致使工作阻力重重，工作起来事倍功半，甚至很多工作只能不了了之、无功而终。领导人是一个自由主义作风严重的人，他在领导过程中，就会放任同事，不懂得整合员工的思想认识、把员工的言行划一，结果是谁想干啥就干啥，谁想怎么干就怎么干，很多人的大部分精力被内耗，员工队伍成为一个毫无凝聚力的松散结合体，使集体成为一潭毫无生气的死水。

具有心理系统严重缺陷、人格庸俗、家长和自由主义作风的领导人的集体，是一个令人遗憾和悲哀的集体，其未来是可想而知的。

今日世界，科学技术迅猛发展，呈现在我们面前的知识和信息、技术手段日新月异，社会所需要的人才，不仅要具有丰富的科学文化知识、强烈的创新意识和足够的创新能力，更需要较强的心理系统、高尚的人格和民主作风。如果一个集体的领导人具有较强的心理系统，在领导过程中，他就会敢想常人不敢想的事，认识到该做的事情就会立即完成可行性研究、制订计划、组织实施，并能在实施过程中不断地完善计划和修正实施过程中出现的错误与偏差，确保计划的完美与实施的成功。如果领导人是一个人格高尚的人，在领导过程中，就会充分地进行人性化管理，热情地去关注员工的事情、诚恳地去帮助员工，为员工解决工作、生活诸方面遇到的干扰和困难，把员工、集体的事情看成自己的事情，想员工之所想，急员工之所急，与员工同呼吸共命运，成为员工所尊敬的、具有强大自然影响力的社区人。如果领导人是一个具有民主作风的人，在领导过程中，他会把全体员工放在集体主人的位置上，时刻关注员工的意愿，利用科学的领导艺术与方法把自己的意志变成全体员工的共同意志，最大限度地激发每个员工的创新意识和创新能力，组织员工用全新的理念、创造性地开展工作。

具有认识、行动、纠正错误能力俱强、人格高尚、民主作风和现代管理理念的领导人的集体，一定会有一个充满希望的明天！

目前的改革，既给每一位领导人提供了一次发展与提高的大好机遇，同时也使每一位领导人面临着一场严峻的挑战。作为一名领导人，如果不能抓住机遇，求得自身的发展与提高，就会被时代所抛弃。如果能够把达到改革的全部要求作为自己的目标，并在实践中努力去实现，就会使自身不断得到发展与提高，就会自然地融入时代的洪流。怎样才能实现这个目标呢？方法只有一个，就是首先加强理论学习，提高认识、行动和修正错误的能力，不断增强自己的心理系统，使自己能够超越常人，站在员工思维的前沿，引领员工前进。其次，加强自身修养，虚心学习、接受当前有关改革的理论、思想，不断提升自己的人格，树立全新的管理理念。在生活、工作中用高尚的人格去影响员工，增加员工之间的凝聚力，使每个员工都能努力工作、乐于奉献。最后，就是要掌握并利用现代的管理艺术、方法和手段，使每个员工都能认识到：在为社会、集体工作和创造的同时，也在为自己工作和创造。

作为一名领导人，唯有如此才能在挑战面前稳住阵脚、立于不败之地、率领全体员工去创造辉煌的未来！

二〇〇四年六月

注：

1. 研究对象：企事业单位。

2. 属性：结论。

3. 心理三系统——《人事心理学》，杨永明、刘志超编著，陕西人民教育出版社出版，1987年2月第1版第1次印刷。

4. 意识三领域——《教育心理学基础》，第七章第三节"国外德育心理学的理论：精神分析论"，1990年7月陕西省榆林地区教研室编。

5. 领导的作风——《现代管理心理学》，第二编第四章第四节"领导行为"，林秉贤著，中国展望出版社出版，1987年9月第1次印刷。

拥有"自由"和"幸福"的必然性

每一个人都生活在社会中,谁的生活都离不开社会。由于每个人的道德品质、思想意识、政治倾向、人生观、价值观、行为方式各异,社会就像一个摆着无数染缸的作坊。俗话说:"近朱者赤,近墨者黑。"和有不良习气的人搅在一起,就会沾染不良的习气;和违法乱纪者为伍,就可能成为违法乱纪的人;和意志坚强、心地善良、灵魂纯洁、道德高尚、知识丰富、性格完美的人接触,就可能成为有益于社会、家庭和自己的人。

对未来充满信心,用冷静、慎重、严肃和科学的态度对待日常生活中的具体事务,这是人类行为原则的必然性。人类社会之所以能够发展到今天,就是因为成千上万的先哲们深深懂得这一点,每到关键时刻都能做出正确、科学的抉择。在人类社会的发展史上,也出现过许多短视的实用主义者,他们多用动物的本能去对待日常事务,不懂得约束自己,不会用发展的观点和科学的眼光看问题,凡事都由着自己的性子来做，对欲望之"火"不加任何控制，最终被欲望之"火"彻底烧毁。无数严酷的事实告诉我们：要拥有"自由"与"幸福"，就必须牢牢把握客观事物发展的必然性。

人类社会和世界上其他任何事物一样，也有其发展的必然性。在人类社会发展的进程中，有过进三步退两步的时候，也有过进两步退三步的尴尬。任何一个时期，都是先进与落后、高尚与庸俗、真善美与假恶丑并存，需要人们有足够的能力去扬弃。

人的能力是多方面的。从心理学的角度讲，人的能力可归纳为三种：认识能力、行动能力和调节能力。一个人只有通过学习和实践，不断丰富知识和增加阅历，才能使自己的能力得以提高。认识能力是一个人能力的基础。只有充分认识到做某件事的必要性和重要性，才有可能去做。

在做的过程中，由于自身条件的局限或客观环境的变化，不可避免地会出现这样或那样的偏差。只有清楚地认识到自己的行为已经背离了目标、严重阻碍了目标的实现，才可能终止那些非目标行为，使自己的活动重新回到目标行为上来。一个能力好的人，首先必须在认识上超越他人，必须认识到他人认识不到的东西、想到他人想不到的事情、看到他人看不到的地方。如果知道的不超过一般人所知道的，就不是高明中最高明的。艰难地做成了一件事，多数人都说好，其实不是好中最好的。高明的人做事就像探囊取物，手到擒来，既显不出智慧的名声，也看不到勇武之所在。因此，前人有"大智若愚"之说。

在人类面前，没有绝对的"自由"与"幸福"，我们的行为丝毫也不能突破做人的道德底线。突破做人的道德底线去追求"自由"与"幸福"，无异于饮鸩止渴，绝非高明者所为。"自由"与"幸福"只能在法律、道德和亲情允许的范围内去追求。一个人追求"自由"与"幸福"的行为触犯了法律就会受到法律的制裁、违反了道德准则就要受到道德的谴责、背叛了亲情就会给亲人造成痛苦和伤害。一个违法乱纪、道德败坏、不念亲情的人，走到哪里都会受人歧视，有什么幸福可言呢？他今天的"自由"也许会造就明天的痛苦，今天的"幸福"也许会孕育出明天的灾难。所以前人说"福兮祸之所伏"。遵纪守法、道德高尚、念及亲情的人，看似苦累一些，这也不能做那也不能做，这也要做那也要做，很多事不仅要做而且一定要做好。但是，苦和累是暂时的，人活着并不是为了苦和累，而是要用暂时的苦和累换取长远的"自由"与"幸福"。所以前人说"吃得苦中苦，方为人上人"。

在现实生活中，被人误解、指责、侮辱、威吓、伤害的事是不可避免的。一个人在被误解遭指责、侮辱、威吓、伤害的时候，很容易头脑发热、感情用事，做出亲痛仇快、遗憾终身或后悔莫及的事来。人之所以为"人"，就是因为人有思想、有意志，任何时候都不会想干什么就干什么，而是能干什么该干什么就干什么，不能干什么不该干什么就绝对不干什么。如果想干什么就干什么，不想干什么就不干什么，何以为"人"呢？

未来充满着变数。俗话说"智者千虑必有一失，愚者千虑必有一得"。一个人不管多么有智慧、有能力，也总有考虑不周的时候，再加上非自身能够左右的"变数"存在，谁也无法预见明天一定会怎么样或不会怎么样，作为个人所能做到的，就是把握好每一个今天。要把握好今天，就必须使自己具有完美的品格，遇事能够临危不乱、处险不惊、受辱不怒，在任何情况下，都能冷静地去思考、分析、归纳事情发生的原因，都能冷静地去探究解决问题的途径和方法，都能用平常的心态去应对生活中所发生的一切，确保自己的每一个决定都是理智的选择，绝对不能使自己成为任性与无知的俘虏和牺牲品。

纵观古今，拥有"自由"和"幸福"的人都是有一定知识和能力、道德高尚、品格比较完美的人。"自由"和"幸福"是追求知识和能力、高尚道德、完美品格的人奋斗的必然结果。追求知识和能力、高尚道德、完美品格是获得"自由"和"幸福"的唯一途径和方法，是拥有"自由"和"幸福"的必然性。

二〇〇五年十一月

律诗

13 猛回头

山河收眼底,
满目行时稀。
应留豪气在,
奋笔春秋词。

继业主沧桑,
挟先治疮痍。
共议人间事,
中兴亘古题。

一九八一年四月

14
登苍山

苍山脚下弹指间，
正气未布存霄天。
已望北雁断碧空，
将离诸君访民野。

面壁十年舒国悬，
除魔有期慰九泉。
贱人鬼嚎何足惜，
刀锯斧钺一样先！

一九八一年夏

15 告别

何必泪沾衣?

离合自有期。

相逢再放歌,

畅论复兴题。

一九八一年七月

津诗

16 离绥德

处处有鼾声，
故步几时封？
壮士千秋业，
男儿万代生！

十里人踪灭，
四面豺狼醒。
前途多不料，
若败亦英雄！

一九八一年七月

17 悼 祭

折柳一枝悼祭依，

江涛海浪尽披靡。

溪泣河鸣千古绝，

哀思动地万山垂。

一九八一年八月

18 叛　逆

斜看浮云梁上飞，

敢求来去几人皈？

君疑问难有何欢？

志欲放歌长策回。

一九八二年二月

19 轩拧

乔装改扮何出名？

歇脚草亭牵序音。

虽有蝴蝶比翼飞，

但为梁祝就轩拧。

一九八二年三月

20 寄 怀

此生应道古人难，

颠沛流离运转还。

泾泉岂可随波俗？

首项且昂任浪翻。

一九八三年三月

21 观沧海

谗言不可畏,

顺逆后来评。

沧海千帆过,

桑田一片新。

一九八三年三月

22 从 戎

投笔从戎气震坤，
炎黄热血铸长城。
安良除暴平生志，
动地感天泣鬼神。

劝君负疚莫需甚，
少壮怅余奋力争。
卧薪尝胆正其时，
留得青山万物春。

一九八三年四月

23
秋 思

金剑舞长天，
何处是中原？
昂首思将来，
低头看眼前。

一任风云变，
定不世俗同。
百年稍纵逝，
功过在人间。

一九八四年十月

24
榆林行

壮怀激烈东山走,
风雨欲来但见愁。
社稷安危唱太平,
年年不复乾坤旧。

征途万里多难料,
咫尺天涯一样求。
去来修短非前定,
留逝人间各自由!

一九八五年十月

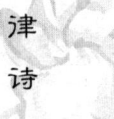
律诗

25 秋风吟

风势人迷蒙,

隐约故旧踪。

去来皆渺茫,

英烈亦栖黄。

一九八五年十月

26 望月吟

游了单衣薄，
知寒寸草先。
连环自己分，
过客东西别。

古今不复论，
痛痒莫堪言。
歌罢余音细，
孑然望月圆。

一九八六年秋

27 别友人

赤县启光辉,

同筵共举杯。

倘日诚心碎,

何须悔久违?

一九八六年七月

28 登 高

山河美如虹,
登高待后生。
且问行云时?
长歌啸东风。

多少兴衰事,
几番笑谈中?
千古风流去,
谁与搏长空?

一九八六年九月

29
湘江问答

烟云缭绕往来通,
入地升天事事能。
今日历劫太不平,
夏穹忍看谁为成?

傍花随柳盼正统,
竖子未敢忘纵横。
受香应运复兴计,
莫负万国一片心。

一九八七年春

30 铁城行

余心未了向国门，
荣辱志得华夏同。
万花千卉自芳芬，
碧叶小荷主义真。

占先六月甘为首，
扶入金盆愿作尘，
欲缚苍龙两手无，
几回行去借东风。

一九八七年六月

津诗

31 赠友人

穷通今日取,

谁说数难移?

吾侪当自救,

何等汗青垂?

一九八七年七月

32 雪

千里沆沆山河隐，
惜日脊梁何处寻？
遍地金甲均不见，
漫山杨柳皆弄情。

鹊来枝头三两声，
脚下铁戈一片新。
屋檐棚间犹任从，
跃跃欲于奋天晴！

一九八七年十月

33
朝 晖

二八春秋风云去，
庶黎仗剑扫尘灰。
沉船落日能复升，
夕阳朝晖两相推。

十月胎儿自辛苦，
钢筋铁骨任千锤。
分短毫足寻常事，
管它风雨论矮伟。

一九八八年二月

34 望日抒怀

正气冲霄汉,

长虹贯斗牛。

苍黄新进化,

高低古远流。

　　　　　　一九八八年八月

35 秋 叶

金戈铁马短兵夹，

厚地高天任海涯。

纵被儿童碾作尘，

亦强霜雪逐烟霞。

一九八八年九月

36 咏 菊

欲唤百花香，

迎风傲露霜。

争得非自足，

原与共芬芳。

一九八八年九月

37 秋日偶思

争来淑节安守贫，

炎序凄辰古今同。

虽道金天处处红，

终是枯木向荆门。

一九八八年九月

38
野村怀古

故事千秋告子翁,
眼前云化碧空尽。
东风劲落似沙沉,
余兴无言慰赤心。

机悬四五三更梦,
铁马长鸣未竟行。
高山流水楚歌声,
呐喊癫狂笑海灯。

一九九〇年一月

39 无 题

阴晴自热寒,

凉温与夏冬。

此景天宫有?

人间日夜存。

一九九一年六月

40 野村即事

秋色漫天原任凭，
愧时无计负苍生。
狂劲巨澜半未成，
且惜奋勇越王情。

手把龙泉应有日，
洗心革面慰长瞑。
往来不复炎淑穷？
远近别裁待自行！

一九九一年九月

41 咏 梅

谁学李荔竞争春？

瞬谢骚人去往常。

秋风不费寒节意，

明月输君几段香？

一九九一年十二月

42
洛阳赋

春荣秋谢两无法，
荡气回肠应有涯。
前身蹴就和平世，
授命先知几会暇？

连过比翼绝空前，
再复闻武越苘麻。
孤人墨守终难测，
解自虔权向洛花。

一九九二年二月

43 和友人

四月纷飞树上发,

乘风起舞走天涯。

它年翻涌归根时,

栋梁百万遍中华。

一九九二年四月

44
望太平

碧空玉宇起幽咽，
疾首蹙额虎狼犬。
忍看离落浑无力，
挥金执戈黄昏怨。

苍头赤子与擎天，
和风细雨共婵娟。
太平一局重霄九，
斗雪傲霜学中坚！

一九九二年六月

45 自由诗

和风骤雨需中求,

兴废穷通各自由!

万语千言今日尽,

无常世道总归修。

一九九二年十二月

46 万事歌

人生万事几时无?

沧海桑田何处休?

细雨腥风宜竞春,

尊薄妄自转成秋。

一九九二年十二月

47 无 悔

少小立志扬国威，
横眉冷对亦无悔。
高山流水声依依，
忠义何时泪空垂？

壮士一去易水寒，
千秋事业有人启。
手提三尺龙泉剑，
不斩奸邪死不西。

一九九四年五月

48
寻友不值

诚信倒悬鼠气蒸，

斩邪留正又一重。

百万雄师挥手成，

东风不顾愁煞人。

一九九八年八月

律诗

49
绥德行

十八春秋中天明，
常见英雄林间行。
祸福待时各自门，
巨树小草喜将平。

惜日人面何处去？
苍松故地一样新。
聚后余思终不悔，
别来玉宇谁澄清？

一九九九年八月

50 寻 友

故道似清秋，
子立几回首？
放眼云来去，
拭目谁堪忧？

荣辱等闲事，
兴衰今古酬。
呐喊把龙泉，
谈笑天涯路。

二〇〇〇年六月

51 向　前

飞雪无霜天，

起舞有狼烟。

成败凭君道，

是非也向前！

二〇〇三年四月

52 过延安

远近无情孺子泣,
四方有缘竞皈依!
八年落日口中语,
三载疑难可问谁?

叱咤风云今已去,
挥手泉台往来兮。
盐车漫道真如铁,
良骥无鞭自奋蹄。

二〇〇四年四月

津诗

53 临潼行

俯瞰寰宇何所求？
兴废瞬息向东流。
山河依稀八万里，
故国曾游放眼收。

池边骊索问苍天？
秦皇汉武各千秋。
赤帝为我重抖擞，
扫尽虎狼定九州！

二〇〇四年五月

54
待从头

几回风雨几回首,
不见真情竟躏蹂。
心路精诚撼日月,
烟波尘世为谁愁?

失落何须千古恨?
空悲且作梦悠悠。
抖擞劝君放眼量,
天涯海内待从头。

二〇〇五年十一月

津诗

七律

55 赠友人

二十五年一瞬息，
山河依旧鬓先白。
四百四病苦求索，
三十三界最前沿。

今日通途昨天定，
少年英雄慧眼中。
但愿苍生如日月，
好借光辉渡关山。

二〇〇六年九月

56 赠清君

重九登高犹忆新，
原知美景玉妆成。
铁肩道义使君累，
国本有期寰宇清。

百忙切待重疗养，
海内天涯盼自珍。
路月和云八万里，
青山常在任驰骋。

二〇〇六年十月

七律

57
赠成扬

智勇皆自重，
微细亦真情。
诸君多努力，
常思父母心。

濡染有常法，
导引通古今。
相处诚为先，
天伦方太平！

二〇〇七年九月

58 欣 慰

昔日洪荒处，
今朝开化地。
欣尊发展观，
当代科学计。

憾事出情理，
问君何太急？
名实相近同，
复兴才上题。

二〇〇八年九月

59
秋日偶成

历史本多变，
智者也难全。
人心不可估，
世间才有犬。

犬多若无训，
主前亦撒野。
习性成虎狼，
吃喝皆是血！

二〇〇八年十月

60 寄汗青

枉生若许年,

无颜过境迁。

丹心寄汗青,

日月照承先。

二〇〇八年十一月

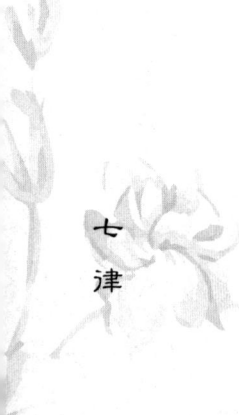

61
时　世

有已为无真亦假，

真无假有无为有。

无已为有假亦真，

假有真无有为无。

　　　　　二〇〇八年十一月

62 自　强

屑小目空少思量，

委身权贵太猖狂。

君子满眼常注新，

同志整腹当自强。

　　　　　　二〇〇八年十一月

63 布衣吟

指导调研兴衰计，

微服私访看时弊。

鸣锣胸内万般美，

过事目中一场戏。

二〇〇八年十一月

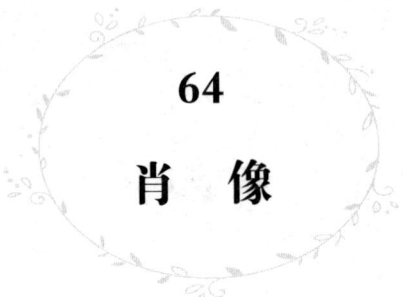

64 肖 像

自消金如山，

用人薪再欠。

欺隐唱春秋，

争恐演百变。

二〇〇八年十一月

七津

65 偷闲

无法偷闲冷眼看，

忠魂赤子又心寒。

科学社会向前进，

宦海世局待整管。

二〇〇八年十一月

七律

66 性情

茶余看世风，

万念总关情。

易使本能面，

难得理性同。

二〇〇八年十一月

67 安守吟

数尽凄辰安守到，

两便中间都叫好。

过客当觉事任凭，

诗家已注春来兆。

二〇〇八年十一月

68 忠 节

贾浑宗氏忠节扬,

今日介休土尚香。

且言四海少足迹,

莫道五洲尽虎狼。

二〇〇八年十一月

69 告国人

抹泪且宜奋勇行，
悲哀化作壮心存。
儒虞我诈终全抛，
吏信民忠定落成。

须眉笑置慰丰筵，
巾帼起舞问归人。
正误将明有汗青，
功过自入祸福门。

二〇〇八年十一月

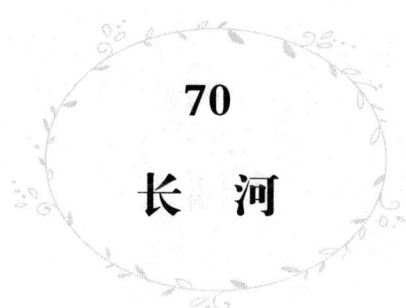

70 长 河

长河清秽有,
不见定王侯!
将卒当平等,
士庶应昂头。

欺倾甚几时?
礼信彰持久。
耳内尽咿呀,
闻声面上抽。

二〇〇八年十二月

71 知 音

高山未改子期先，

不腐流水唱前沿。

上下求索至多孤，

余音旋绕到何年？

二〇〇八年十二月

72 望平沙

平沙塔尾景如春，
草莽登高愧望穷。
任马行空对己言，
凭渣酿祸有谁云？

今夕壮士抱征怀，
几晓兴声送复闻？
重振山河再险观，
光辉赤县日东升。

二〇〇八年十二月

73 高寨

俯首看君王，
治乱策如芒。
终成尚弑风，
渐就向亡殃。

举士能贤废，
欲壑汉嚣张。
及时除子恨，
四海再辉煌。

二〇〇八年十二月

74
送春风

雨未送春风，

知来有故人。

尽望不完全，

已慰是平生。

二〇〇八年十二月

75 为所有为

不为有所为，

为而所不为。

道低慎所为，

魔高忌所违？

二〇〇八年十二月

七律

76
回音壁

主客戚朋在,

何许人为改?

进退应拿捏,

伸缩当奏凯。

二〇〇八年十二月

77

长河游

敌侵寇患尚国娇，

武掠文欺百姓熬。

官强等价确无力，

捕匪同流空有条。

二〇〇八年十二月

78 过麟州

景物依然事又非，

杨佘哪里论国眉？

呼号玉宇震星摇，

呐喊忠魂把剑归。

二〇〇八年十二月

79 沉 浮

酒绿灯红仕宦飘,
时风日去尽无聊。
能拙任免口中出,
良莠迁升臭里挑。

德才俱备上滩鱼,
损劣皆齐下海蛟。
可叹十童少小亡,
千夫所指罪还逃?

二〇〇八年十二月

80 兴 衰

跳出樊笼瞰逡巡，

万里一发栖千均。

个人穷通等闲事，

来日兴衰总牵心。

二〇〇九年四月

81 英雄颂

嫉算驴儿风满楼,

英雄无奈下幽州。

昔日归天危难生,

复来西去为国谋。

二〇〇九年四月

七津

82 忠 魂

佞幸弥天谎,

良民又祸殃。

歃血忠魂在,

人间梦几场?

二〇〇九年五月

七律

83 凭 眺

试看谁逍遥？
唯余悠荡中。
富贵作为取，
功名应诺轻。

偷闲独自卧，
凭眺未来程。
魂绕兴衰事，
满怀放辱荣。

二〇〇九年六月

七律

84
巾帼颂

落雁沉鱼总是春，

何曾本色度红尘？

赴难巾帼遍咫涯，

谁及翊内重节贞？

二〇〇九年九月

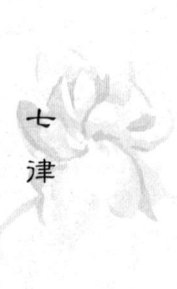

85 初 衷

日月中天恍悟间，
光阴荏苒谁重挽？
呼风唤雨行云去，
破壁惊人宦海寒。

黎明黑暗常相伴，
未改初衷驻险山。
纵览古今血染成，
横扫内外又一番？

二〇〇九年九月

86
高寨怀古

丹心碧血寄青山，
忍看苍生十万难。
忠义赴敌视等闲，
英雄笑对离人寰。

足迹天涯无尽愁，
春秋往复几时完？
祖国处处故园地，
忠骨何须马架返？

二〇〇九年九月

87 世情

盛世文贫最可怜,

英雄纵有奈何天?

祸殃悄近浑无觉,

身价渐失怨运浅。

二〇〇九年九月

88 春 色

喜春色遍地，

思山河社稷。

正兴邪渐远，

道高魔自忌。

二〇〇九年九月

七律

89 诗　魂

圣贤诗赋济国民，

热血忠魂唤太平。

任去百年景物非，

读来一样奋发行。

二〇〇九年九月

90 问苍天

仕贿何曾比翼飞？
法金几许为连理？
高低荣辱问苍天，
春夏秋冬终属谁？

万物错时各自别，
得失成败一挥间。
男儿无忘直中求，
粉黛有心向纸烟？

二〇〇九年十月

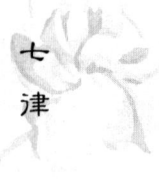

七津

91 自　豪

壮士身躯民裕裂，

头颅当为富国抛。

有年立定官强分，

潦倒穷途足自豪！

二〇〇九年十月

92 国 殇

头向国门无备回，

好荣恶辱几时非？

战酣未了身先去，

道义盛评指日归！

二〇〇九年十一月

七律

93 相 扶

风雨同舟几载修,

左羊管鲍胜王侯。

学子相扶济困时,

巾帼不让也传流!

二〇一〇年一月

大意：左伯桃、羊角哀重义,管仲、鲍叔牙相互理解、信任。在一起学习几年,当以左羊、管鲍为楷模。女生扶危济困、不让须眉,将和左羊、管鲍一样流传后世。

94 鬻爵图

鬻尽灵魂显赫中，

离经积著转成空。

颓败神伤气势衰，

惹得墨客费耕耘。

二〇一〇年一月

七律

95 五十抒怀

鸡猴两不见,
西去也争先!
虎狼目内空,
犬马釜中煎。

山河无限好,
子规啼未眠。
侪辈祈携手,
相依到永远。

二〇一〇年三月

七律

96
群廉思

无力转乾坤，

大尹何称病？

官吏尽苛刻，

仁者岂独身？

二〇一〇年三月

注：大尹——汉朝清官崔篆曾为建新大尹。

七律

97 苍生泪

苍生挥泪吟，

怒潮豺豕行。

大理为青天，

树前做薯民。

二〇一〇年五月

98 从容

人杰当自审，

要务非独终。

立足兴世风，

冷眼依从容。

二〇一〇年六月

七律

99 前　沿

抱节把脉立潮头，

仗剑平纷为统筹。

风雨未然幽咽起，

九州一律问留侯？

二〇一〇年六月

注：留侯——汉初重要谋臣张良，曾封留侯（今江苏徐州附近留城），后因刘邦、吕后屠戮功臣以及诸吕擅权，而"从赤松子游"。

100
五十怀古

犯颜自若陈时弊,

国泰民安千古迷。

公平顿去在何方?

忧病断肠司户地。

二〇一〇年六月

注:司户——北宋名相寇准临事明敏、不畏权贵、刚直秉公、政绩卓著、深受百姓爱戴,后遭人陷害,贬做地方官。仁宗天圣元年(1023年)忧病交加,卒于雷州司户参军任上,享年六十三岁。

101
南门楼

昂首低眉忆旧游,

问君昔日逐王侯?

当年将相在何方?

退步投身千古酬!

二〇一一年十二月

七律

102
白云山

涣魄凝神揽五湖，

空朦何苦问真武？

天下为公满目明，

穷通皆系国人福！

二〇一二年二月

注：白云山——位于陕西佳县，是西北著名的道教圣地，大殿内供奉着真武大帝。

103
凯歌楼

将军百战凯歌声，

往事风云入梦魂。

故人不复惊长夜，

莫对山河空自鸣！

二〇一二年四月

注：凯歌楼——位于陕西神木县。又名钟楼、县大楼。为将军征战凯旋而建。

七绝

104
赠友人

天公山上独凭吊，

犹沐当年铁马萧。

虎踞龙盘谁揽月？

拨霾见日万国朝！

二〇一二年五月

注：天公山——位于陕西省神木县孙家岔镇，原名庙圪垯。

105
枯 荣

伫立天公山，

颦蹙看尘烟。

豺豕兆枯荣，

伦河八月寒。

二〇一二年八月

注：伦河——乌兰木伦河。流经天公山下，汇入窟野河。

106
赠悟空

悟绝千古纷纭事，
空愁漫野万山横。
海纳浣溪夜未眠，
猛进高歌泣鬼神！

二〇一二年十月

注：悟空——友人化名。

全文大意：明白了人间世事，就不会为前进道路上的困难而愁眉苦脸。因有缺点被接纳而彻夜未眠，今后当以惊天地、泣鬼神的志气发奋努力！

七绝

107 自 在

倒坐天公独自在，

是观向背济沧海。

三皇五帝到如今，

伦河东去谁言改？

二〇一二年十月

108 北　上

长江东去赴国门，

万紫千红费力寻。

勇士当年解倒悬，

我儿今日向光明！

二〇一三年七月

注：为吾儿离开武汉回陕西而写。勇士：指中国工农红军。

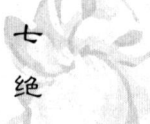

109 东 风

瞰收霜叶又一秋,

乌仔寒鸦依旧忧。

八方天阙唱东风,

四海翻腾惜此头?

二〇一三年十月

110 天公山上

天公抖擞为谁雄？

坐问朝夕号角鸣。

黑子横行黎庶苦，

山河锦绣待真人！

二〇一三年十月

111
西 风

孺子二三名，

苍头四五人。

伟业尚如此，

宦途安太平？

二〇一四年二月

112 过边墙

领袖登高招旧部，

旌旗百万誓同酬。

寒鸦横渡浪涛天，

扫平乌仔归来修！

二〇一四年七月

七绝

113 共勉

乌仔行空六月寒，

庶黎举步又艰难。

海内沧桑正此时，

劝君共勉清明还！

二〇一四年十二月

七绝

114
镇北台上

俯首低眉向子城，

万国朝阙绎繁荣。

登台不为风烟来，

携眷蓑衣会故人。

二〇一五年二月

115
双峡游

驿马城中犹啸声,

点将台前似钺云。

大漠水乡何处有?

双峡独异踏歌行。

二〇一五年三月

七绝